洗濯屋さん道元

梅原賢一郎

カバーイメージ：杉山晶子

もくじ

もくじ

第二部　干し屋さん・道元

はじめに

洗濯には二つの要素がある。

一つは、汚れのついた洗濯物をゴシゴシと洗うこと。
一つは、汚れのおちた洗濯物をピシッとのばして大空のもとに干すこと。

道元の言葉を、ちょうどそのような洗濯の要素に対応させるようにして、二つに分けることができる。

一つは、意味に汚れた語句をゴシゴシと洗う言葉。
一つは、意味の汚れの落ちた語句を見いだされた時空のなかに干す言葉。

いまここに、前者を「洗い屋さん・道元」として、後者を「干し屋さん・道元」として、道元の『正法眼蔵』の言葉を訳（超訳）し、一冊の詩集を編む。

また、「洗い屋さん・道元」にしても、「干し屋さん・道元」にしても、それぞれのうちに、さらに細かい要素を認めることができる。それらの下位の要素は、いくつかの章の見出しとして、提示されるであろう。

そして、『正法眼蔵』から抽出された各詩には、それに見合ったタイトルが各詩の冒頭に付されたことを、「はじめに」の最後に、記しておく。

第一部

洗い屋さん・道元

つまみ洗いをして（分断）

除我慢

その見これ「除我慢」なり。「我」もひとつにあらず、「漫」も多般なり、除法また万差なるべし。しかあれども、これらみな見仏性なり。（仏性）

龍樹（大乗仏教中観派の祖）とやらが
仏さんに見《まみ》えたければ
「除我慢（高慢な自惚れの心を除きなさい）」といったそうな

除我慢だと
胡散臭いな
下手な意味がこびりついて
黴が生えている

語をバラバラにしてやることだね
「除」「我」「慢」となれば
腐った意味が侵入することもない

そう
「除」「我」「慢」は
蝶のように

舞い
歌を
歌っている

「我」もありきたりの一枚岩ではないよ
「慢」もいろいろなんだ
「除」だってみんなちがっているんだ

でもさ
仏さんに見《まみ》えるって
むしろ
こっちのバラバラのほうじゃない

著衣喫飯

「著衣喫飯」は、法性三昧の著衣喫飯なり。衣法性現成なり、飯法性現成なり。喫法性現成なり、著法性現成なり。（法性）

馬祖（唐代の禅僧）とやらが
「著衣喫飯」は
仏さんのふかい真理のうちにあるといったそうな

「著衣喫飯」だって？
俺にはピンとこね
ただ服を着て飯を食うだけのことだろ

妙に襟を正して突っ立っていね

いっそのこと
バラバラにしてやりゃいいよ
「著」「衣」「喫」「飯」とね

ごめん
まだ順番の呪縛に洗脳されちまってるよ
それもこれも
ごちゃごちゃにしてまえ
たとえば「衣」「飯」「喫」「著」とね

そう

「衣」「飯」「喫」「著」は
ぷわぷわと
歌を
歌っている

「衣」に仏のふかい真理があらわれる
「飯」に仏のふかい真理があらわれる
「喫」に仏のふかい真理があらわれる
「著」に仏のふかい真理があらわれる

なんだか
こっちのほうが
軽くて

晴れやかで
気持ちいいね

揉みしだいて（シャッフル）

汝得吾

汝得吾あるべし、吾得汝あるべし、得吾汝あるべし、得汝吾あるべし。（葛藤）

「汝得吾」って？
「汝得吾皮」「汝得吾肉」「汝得吾骨」「汝得吾随」といったヤツがいたな
達磨（禅宗の初祖）が四人の弟子にいったのだったな
だから「汝得吾」なのか

ところで「汝得吾」ってあらためてどういうこと？
「汝は吾を得た」だと
尤もらしいな
社交辞令だったらとっとと捨てちまえ

いっそのこと
バラバラにして
シャッフルすればいいのだ

「汝得吾」がある
「吾得汝」がある
「得吾汝」もある

「得汝吾」もある
「汝吾得」だって
「吾汝得」だって

わからなくなってきた
でも
言葉を採んでいるうちに
なんだか
晴れてきたな

梅花開

梅花開なり。梅華開は、髄吾得汝なり。（梅花）

梅の花が咲いた
すっげぇ
驚異だ
言葉でまともにいえない
逆立ちしてしまうよ
あいうえお！
おえういあ！

みさかいなく（襷がけ）

自他の知見

自他の知見は、知に自あり、他あり、見の自あり、他あるがゆゑに、各々の活眼睛、それ日にもあり、月にもあり。（諸悪莫作）

「自他」とか「知見」とか
そんな語句もあるけどね

「自他」は畏まった対立ではないよ
「知見」も裃を着た熟語ではないよ
「自他」も「知見」もバラバラにしてお遊戯しよう！
あとはパズルさ

「知」と「自」がくっついた
「知」と「他」がくっついた
「見」と「自」がくっついた
「見」と「他」がくっついた

「自」も「他」も「知」も「見」も
生きた目ん玉
太陽も月もね

七仏通戒偈

「自浄其意」といふは、莫作の「自」なり、莫作の「浄」なり。「自」の「其」なり、「自」の「意」なり。莫作の「其」なり、莫作の「意」なり。奉行の「意」なり、奉行の「浄」なり、奉行の「其」なり、奉行の「自」なり。（諸悪莫作）

「七仏通戒偈」というのがある
お釈迦さんのまえにも六仏いらっしゃって
お釈迦さんをいれて七仏というのだそうな
長い長い時間のことだよ

それらの仏さんに
共通の教えというのがある
「偈」というからには
韻文になっている

諸悪莫作
衆善奉行
自浄其意
是諸仏教

まばゆいばかりだな
なんだって？

悪いことをするな
善いことをしろ
心を浄めよ
これが仏の教え

勿体ぶらなくてもいい
安っぽい言葉をありがたがるな

むしろ
「七仏通戒偈」で踊ってみることだな
踊りを忘れちゃ
なにごともつまらない

「自」「浄」「其」「意」は四人の女性ダンサー
「莫作」「奉行」は二人の男性ダンサー

「莫作」が「自」をリフトした
「莫作」が「浄」をリフトした

「自」と「其」が手と手をとり合った
「自」と「意」が手と手をとり合った

「莫作」が「其」をリフトした
「莫作」が「意」をリフトした

「奉行」が「意」をリフトした
「奉行」が「浄」をリフトした
「奉行」が「其」をリフトした
「奉行」が「自」をリフトした

「奉行」はひねくれ者といえばひねくれ者
「莫作」とおなじ順番で
女をも持ち上げればいいものを
「意」「浄」「其」「自」と
順番を変えやがった

踊りを面白くするためだろうかね

流石だね

こなごなにして（粉砕）

自々己々

自己なるがゆゑに、自々己々みなこれ十方なり。（十方）

どこをむいても自己なんだ
自己というより自々己々なんだ
自々己々が十方なんだ
十方に

自々己々が
キラキラ
　キラキラ
かがやいている

彩々光々の片々条々

彩々光々の片々条々は尽十方界の功徳なり。（一箇明珠）

いろとりどりに

ひかりにひかる
ひとかけひとかけ
ひとすじひとすじ

みなみな
十方にあまねく
功徳功徳

あのようにもこのようにも（列挙）

万死

すでに四生はきくところなり、死はいくばくかある。四生には四死あるべきか、又、三死二死あるべきか、又、五死六死、千死万死あるべきか。（行仏威儀）

死はどれだけあるか

四生（胎生・卵生・湿生・化生）というように

水牛を打つのか
鉄牛を打つのか
泥牛を打つのか
鞭で打つのか
全世界で打つのか
全心で打つのか
メチャクチャはげしく打つのか
ゲンコツで打つのか
ゲンコツがゲンコツを打つということもある
牛が牛を打つこともある

わからんけど
愉快だね

有時意到句不到

有時意到句不到
有時句到意不到
有時意句両倶到
有時意句倶不到

（十）

意句半到也有時
意句半不到也有時

（有時）

葉県帰省（宋代の禅僧）とやらがつぎのようにいった

あるときは気持ちは到達しているが言葉が到達していない
あるときは言葉は到達しているが気持ちが到達していない
あるときは気持ちも言葉もともに到達している
あるときは気持ちも言葉もともに到達していない

これでお終い？
言い尽くしたとでも

誰かいってみよ！

気持ちも言葉も半分だけ到達しているというのもあるとき
気持ちも言葉も半分だけ到達していないというのもあるとき

おお
調子がでてきた

揚眉瞬目

有時教伊揚眉瞬目
有時不教伊揚眉瞬目
有時教伊揚眉瞬目者是
有時教伊揚眉瞬目者不是
（十）

教伊揚眉瞬目也半有時
教伊揚眉瞬目也錯有時
不教伊揚眉瞬目也錯々有時

（有時）

あるときは彼をして眉を揚げ目を瞬かせる
あるときは彼をして眉を揚げ目を瞬かせない
あるときは彼をして眉を揚げ目を瞬かせるのはよい
あるときは彼をして眉を揚げ目を瞬かせるのはよくない

馬祖（唐代の禅僧）とやらが
「祖師西来意」の問いに

あらんかぎりの答えを
挙げ尽くそうとでもしたのか

だがな
さらに
付け足してやらなきゃならないだろうに
こうとでもな

彼をして眉をあげ目を瞬かせるのも半端のあるとき（半有時）
彼をして眉をあげ目を瞬かせるのも錯誤のあるとき（錯有時）
彼をして眉をあげ目を瞬かせないのも錯誤の錯誤のあるとき（錯々有時）

馬祖とやら

目を丸くしてやがる

裏がえして（反転）

生死去来

生死去来にあらざるゆゑに生死去来なり。（一顆明珠）

「ある」とか「ない」にこだわってはいけない
「ある」はオール
「ない」はナッシング
そう思っている人もいる

ほんとうにそうか
よく考えてみなければならない
とんでもない思いこみかもしれない

「ある」と「ない」は
オール・オア・ナッシングではなく
むしろ
葉っぱの表と裏ではないか

風が吹けば
表を見せたり裏を見せたりするね
散るときは

なおさら
表になったり裏になったりするね

どのようなものも
表のときも裏のときもある
「生死去来」だって
裏のときも表のときもある

「生死去来」ではないと裏を見せて
「生死去来」であると表へと翻る

そうでなくっちゃ
ものの道理とはね

山

やまこれやまといふにあらず、山これやまといふなり。(山水経)

ああ
やまが見える
いつものようにね

きょうのやまはきのうのやまと

おなじであるようでちがう
あしたのやまはきょうのやまと
おなじであるようでちがう

だったら
やまは「ある」といえる？
やまは「ない」といえる？

「ある」といってしまったら
同一のやまがずっとありつづけることにならない？
「ない」といってしまったら
それこそまったくなにもないことにならない？

やまはやまがあるというのでもなく
やまはやまがないというのでもない

うみはうみがあるというのでもなく
うみはうみがないというのでもない

そらはそらがあるというのでもなく
そらはそらがないというのでもない

かわはかわがあるというのでもなく
かわはかわがないというのでもない

くもはくもがあるというのでもなく
くもはくもがないというのでもない

「ある」か「ない」かでないといけない？
やまはやまなんだ

向きをかえて（転倒）

雪漫々

雪漫々は大地なり、大地は雪漫々なり。（梅花）

面壁九年の達磨を
慧可（禅宗の第二祖）が訪ねていったとき
雪が降っていた

雪一面は大地
大地は雪一面

ほとけ法をとく

ほとけ法をとく、法ほとけをとく。法ほとけにとかる、ほとけ法にとかる。

（仏教）

ほとけが法をとく
法がほとけをとく

法がほとけにとかれる
ほとけが法にとかれる

ほとけと法と
法とほとけと
上にしたり下にしたり
なんか楽しいね

ごしごしと（等化）

井の驢をみる

諸悪莫作は、井の驢をみるのみにあらず、井の井をみるなり。驢の驢をみるなり、人の人をみるなり、山の山をみるなり。（諸悪莫作）

人が悪を犯すとか犯さないとかいうけれども
それでいい？

驢馬が井戸を見るとか見ないとかいうけれども
それでいい?

どちらも
主語と他動詞と目的語の
三点セットで仕上がりというわけだ

なんだか
余所余所しいな
驢馬も井戸もいったい何なんだ!
言葉のなかで仕立てあげられればあげられるほど
なにかしら
遠ざかっていくね

こんな童歌《わらべうた》があったと思うが？

ロバさん井戸《いど》をのぞきます
井戸《いど》さんロバをのぞきます
にらめっこ
にらめっこ
楽《たの》しいな

井戸《いど》さん井戸《いど》をのぞきます
ロバさんロバをのぞきます
にらめっこ

にらめっこ
面白《おもしろ》い

人《ひと》さん人《ひと》をのぞきます
山《やま》さん山《やま》をのぞきます
にらめっこ
にらめっこ
怖《こわ》いな

人が悪を犯す
悪っていったい何なんだ？

複合型［みさかなく・つまみ洗いをして］

生死去来②

去に生死あり、来に生死あり、生に去来あり、死に去来あり。（身心学道）

生死去来という言葉があるね
生きては死に
去っては来る
まあそういうことだが

なんかものたらない
そんなふうにいって
わかった気になっていたら
とんでもないことかも

いっそのこと
バラバラにするがいい

「生」「死」「去」「来」は
ダンスをはじめる
お手々つないだり
むきあってお辞儀したり

バラバラにするといっても
そう
まったくの
カオスではない

「去」がジャンプ
お手々つないだ「生死」とお辞儀しましょ
「来」がジャンプ
お手々つないだ「生死」とお辞儀しましょ

「生死」がお手々はなして（「生」「死」）

「去」「来」がお手々つないで（「去来」）

「生」がジャンプ
お手々つないだ「去来」とお辞儀しましょ
「死」がジャンプ
お手々つないだ「去来」とお辞儀しましょ

生死去来って？
ダンスまでさせやがって！
でも
見事なダンスだ！

第二部

干し屋さん・道元

無罣礙

大悟

大悟を罣礙する迷あらず。（大悟）

悟りをさまたげる迷いなんてないよ
迷いにさまたげられるから悟れないのではないよ
迷いのあるとかなしとかに依存する
そんなたよりないの

悟りではないよ

春夏秋冬

冬の春となるとおもはず、春の夏となるとおもはずなり。（現成公案）

冬が春になるのではないよ
春は春になるんだ
春が夏になるのではないよ
夏は夏になるんだ

月と悟り

人のさとりをうる、水に月のやどるがごとし。月ぬれず、水やぶれず。（現成公案）

人が悟るのは
照らし合いなんだ
夜空の月と水面の月が照らし合うようにね

ところで
夜空の月が濡れることはないよ
水面の月が破れることはないよ

餅

飢に相待せらるゝ餅なし。(画餅)

飢えた口に
待ちかまえられる
餅なんて
餅じゃないよ

語話

「語話それ聞に染汚せず、不聞に染汚せず。このゆゑに聞不聞に不相干なり」（仏向上事）

話をするということは
聞くということに
汚されることはないよ
聞かないということに
汚されることもないよ

だから

聞いているとか聞いていないとか
関係ないんだ
さあ
話してみようよ

一即多

一塵

一塵をしるものは尽界をしり、一法を通ずるものは万法を通ず。（諸悪莫作）

塵ほどのことでもね
知っているものは
ことごとく世界を知っているんだよ

一つのものにでもね
通じているものは
すべてのものに通じているんだよ

一滴

一滴のなかにも無量の仏国土現成なり。（山水経）

水の一滴のなかにもね
数えきれないほどの

仏の世界が
映しだされているんだ

静寂

一法わづかに寂静なれば、万法ともに寂静なり。（恁麼）

ほんのひとつでもね
静寂ならば
すべてが

ともに
静寂なんだ

交響

坐禅

わずかに一人一時の坐禅なりといへども、諸法とあひ冥し、諸時とまどかに通ずるがゆゑに、無尽法界のなかに、去来現に、常恒の仏化動事をなすなり。彼々ともに一等の同修なり、同証なり。（弁道話）

わずかに
一人の

一度かぎりの
坐禅であっても

もろもろのものと
玄妙に合わさり
もろもろの時と
まろやかに通じている

だから
その坐禅は
尽きることのない宇宙のなかで
過去現在未来にわたって
常恒の仏のはたらきしているということになる

どの坐禅もみな
おなじひとしい修行であり
おなじひとしい悟りである

仏印

もし人、一時なりといふとも、三業に仏印を標し、三昧に端坐するとき、遍法界みな仏印となり、尽虚空ことごとくさとりとなる。（弁道話）

もし
人が
たった一度であっても

からだのはたらき
ことばのはたらき
こころのはたらき

三つのはたらきにおいて
仏の証跡をしるし
ただひたすら
坐りきるとき

全宇宙は
すべからく
仏の証跡となり

全虚空は
ことごとく
悟りとなる

古鏡

諸仏諸祖の受持し単伝するは古鏡なり。同見同面なり、同像同鋳なり、同参同証す。胡来胡現、十万八千、漢来漢現、一念万年なり。古来古現し、

今来今現し、仏来仏現し、祖来祖現するなり。（古鏡）

仏たちや
祖師たちが
受持し
まっすぐ伝えてきたものは
古鏡である

おなじ鏡に
目と目がゆきかい
顔と顔がかさなる

おなじ鏡に
形と形がならびあい
姿と姿がとなりあう

おなじ鏡に
修行と修行がうつしあい
悟りと悟りがてらしあう

おなじ鏡に
胡人がやってきて
胡人があらわれる
いくえにもいくえにも
かぎりなく

おなじ鏡に
漢人がやってきて
漢人があらわれる
いくたびもいくたびも
かぎりなく

おなじ鏡に
昔がやってきて
昔があらわれる

おなじ鏡に
今がやってきて

今があらわれる

おなじ鏡に
仏がやってきて
仏があらわれる

おなじ鏡に
祖師がやってきて
祖師があらわれる

レンマの論理

一異

一にあらざれども異にあらず、異にあらざれども即にあらず、即にあらざれども多にあらず。（全機）

あまたのものは

ギュッと一つになっているというのではないけれども

バラバラに異なっているというのでもないんだ
バラバラに異なっているというのではないけれども
ピタリと即しているというのでもないんだ

ピタリと即しているというのではないけれども
パラパラと多くあるというのでもないんだ

だったら
どうなふうにあるの？

一異②

発心は一異にあらず、坐禅は一異にあらず、再三にあらず。（発無上心）

いくつもの発心
それらは
一つでもなく
異なっているのでもない

いくつもの坐禅
それらは
一つでもなく

異なっているのでもない
二とか三ではない

レンマの時間

相嗣

（仏仏相嗣するは）つらなれるにあらず、あつまれるにあらず。（嗣書）

仏から仏へと
相嗣していくというけれども
あまたの仏たちは
一直線に連なっているのでもなく

同一平面に集まっているのでもない

いったい
いつどこにいるんだ
仏たちは？

面授

釈迦牟尼仏面を礼拝するとき、五十一世ならびに七仏祖宗、ならべるにあらず、つらなるにあらざれども、倶時の面授あり。（面授）

お釈迦さまの
お顔を
拝ませていただくとき

お釈迦さまの
お顔だけでなく
仏祖たちのお顔や

過去七仏たちのお顔も
ともに
拝ませていただくのだけれども

それらのお顔は
一直線に並んでいるのでもなく
一直線に連なっているのでもない

でも
ともに
拝ませていただく

悉是吾子

而今は父前子後にあらず、子先父後にあらず。父子あひならべたるにあらざるを「吾子」の道理といふなり。（三界唯心）

お釈迦さまは
三界（欲界・色界・無色界）の衆生は
みな「我が子」と
おっしゃったけれども

「我が子」といっても
父がさきで子があとというのではない

子がさきで父があとというのでもない

父と子は
さきとかあととかのラインに並んでいるのではないんだ
それが
お釈迦さまの「我が子」という時間の理法ということになる

不思議だけど
わかる？

合わせ鏡

拈華

「拈花」の正当恁麼時は、一切の瞿曇、一切の迦葉、一切の衆生、一切のわれら、ともに一隻の手をのべて、おなじく拈華すること、只今までもいまだやまざるなり。（優曇華）

お釈迦さまが
霊鷲山で説法をする

花を拈って
迦葉（十大弟子の一人）が微笑んだ
お釈迦さまの「拈華」の
まさに
そのときは

（合わせ鏡の）
すべての釈迦が
（合わせ鏡の）
すべての迦葉が
（合わせ鏡の）
すべての衆生が

（合わせ鏡の）
　我らすべてが

ともに
手を差しだし
ひとしく
「拈華」する

いままで
ずっと
止んだことがない

看経

おほよそ看経は、尽仏祖を把拈しあつめて、眼睛として看経するなり。（看経）

おおよそ
お経を読むときは
すべての仏祖たちを掴み集めて
束になった目ん玉として
読むんだ

器官なき身体

聞声

眼処は聞声す。さらに通身処の聞声あり、遍身処の聞声あり。（無情説法）

眼で声を聞くんだ
もちろん
からだのいたるところで声を聞くっていうのもありだよ
からだのすみずみで声を聞くっていうのもありだよ

満眼聞声 満耳見色

満眼聞声、満耳見色。（行仏威儀）

眼をいっぱいにして声を聞くんだ
耳をいっぱいにして色を見るんだ

聞法

おほよそ聞法は、ただ耳根・耳識の境界のみにあらず、父母未生已然、威音以前、乃至尽未来際、無尽未来際にいたるまでの挙力挙心、挙体挙道をもて聞法するなり。（無情説法）

だいたいね
仏の教えを聞くというのは
ただ耳という器官のことではないんだ
ただ耳の認識領域のことではないんだ

父母が

まだ生まれない以前から

あるいは
途方もない過去の
おなじ名前の如来が
二万億もあらわれたという
威音王の以前から

はたまた
未来の尽きる果てまでもの
未来の尽きることのない果てまでもの

　力を挙げて

心を挙げて
体を挙げて
道を挙げて

仏の教えを聞くんだ

渾身

相逢相見

相逢相見は眼頭尖なり、眼睛霹靂なり。おほよそ渾身はおほきに、渾眼はちひさかるべしとおもふことなかれ。(眼睛)

人と人とが出会うって
すっごいこと
目の先で火花が飛んじゃうー

人と人とが見《まみ》えるって
すっごいこと
目ん玉に稲妻が走っちゃうー

だいたいやね
渾身は大事で
渾眼は小事と
思っちゃいけねーからな

とにかく
すっごいことなんだ
すっごいことだ

拳頭

拳頭一隻、只箇十方なり。赤心一片、冷瓏十方なり。（十方）

拳骨ひとつ
十方どよもす

赤心ひとつ
十方きらめく

身学道

身学道といふは、身にて学道するなり。赤肉団の学道なり。（身心学道）

身学道というのは
からだで
学ぶことだよ

赤肌の
ヒリヒリするからだで
からだ丸ごとで
学ぶことだよ

ナルシシズム

仏眼睛 仏面目

釈迦牟尼仏の仏面を礼拝したてまつり、釈迦牟尼仏の仏眼をわがまなこにうつしたてまつり、わがまなこを仏眼にうつしたてまつりし仏眼睛なり、仏面目なり。(面授)

お釈迦さまのお顔を拝ませていただく

お釈迦さまのお目を
おいらの目に映し
おいらの目を
お釈迦さまのお目に映させていただく

そこに
仏さまの目ん玉が
そこに
仏さまのお顔が

袈裟

まのあたり釈迦牟尼仏の袈裟におほはれたてまつるなり。釈迦牟尼仏まのあたりわれに袈裟をさづけましますなり。（袈裟功徳）

おいらは
お釈迦さまの袈裟に
じかに
覆われさせていただいている

お釈迦さまは
おいらに袈裟を

じかに
お授けになさっている

おわりに

道元の『正法眼蔵』は難解な仏教書の定番とされている。しかし、どの点で難解であるのか、じゅうぶんに吟味もされずに、イメージが先行している感がないわけではない。難解さは、境地の深さにあるのか、論理性に問題があるのか、文字の法外な配置にあるのか、などと、丁寧に検討していくと、案外、すらすらと読めていけるのではないか。そして、そうして読みすすめていくと、『正法眼蔵』は、たんに宗教書というにとどまらず、なんと含蓄のある、おもしろい書物だとも思うのである。

たとえば、わたしは、次の文を読んだとき、思わず、クスッと笑ってしまった。

打牛の法たとひよのつねにありとも、仏道の打牛はさらにたづね参学すべし。水牯牛を打牛するか、鉄牛を打牛するか、泥牛を打牛するか。鞭打なるべきか、尽界打なるべきか、尽心打なるべきか、打迸髄なるべきか、拳頭打なるべきか。拳打拳あるべし、牛打牛あるべし。

超訳ではなく、ざっと訳をしておくと次のようになる。「牛を打つことはたとえ世間であるといっても、仏道における打牛とはなにか、さらにたずねて学ばなければならない。水牛を打つのか、鉄の牛を打つのか、泥の牛を打つのか。鞭で打つのか、世界全体で打つのか、心全体で打つのか、メチャクチャはげしく打つのか、ゲンコツで打つのか。さらに、ゲンコツがゲンコツを打つということもあるだろうし、牛が牛を打つということもあるだろう」。どうであろうか。とどまるところをしらず、脱線していく漫才（たとえば「笑い飯」）のように、「牛を打つ」というありきたりの常識が、茶化され、徹底的に、崩されていくようではないか。

もちろん、漫才と道元とを一緒にすることはできないが、道元の語法（言い回し）には、すこぶる遊興的な側面があることも、また事実であろう。言葉が深い意味を担うというよりも、表層的なレヴェルで戯れている。また、こんなモザイクのような文もある。クスッと笑うというよりも、細工の巧みさに、ウッと見とれてしまった。

去に生死あり、来に生死あり、生に去来あり、死に去来あり。

はじめに、「生死去来」という四字熟語があったのである。それを「生」「死」「去」「来」と分断したのである。そして、それぞれを一枚のタイルにでもしたように、バランスよく、左右に、壁に貼り付けたのである。嘘と思われるかもしれないが、わたしは、ここに、シンメトリーの妙技を見る。文字を色分けにでもすれば、あざやかな装飾だと気づかされるであろう。

さて、「遊興的な側面」といったが、道元の場合、もちろん、ただのおふざけを意味しているのではない。言葉に遊戯的な細工を施すのには、至極もっともな理由がある。それは、端的にいえば、固定した言葉にややもすればこびりついてしまうであろう因習的な意味を洗い流すためにである。言葉が固定されれば、とかく意味内容は実体化され、実体化された〈もの〉にたいしては執着が生まれ、ひいては苦の原因になる。これは、仏教哲学（禅）の一つの命題であろう。道元の場合は、そこで、あたかも洗濯の身振りを思わせるような仕方で、言葉に遊戯的な細工を施し、こびりついた意味を洗い流さなければならなかったのである。ちなみに、それは、言葉によって言葉を洗う風情である。

「第一部」は、『正法眼蔵』の読解から、そうした洗濯の身振りを八つに分類し、それぞれの身振りに典型的な文を抽出し、詩のかたちに訳した。字面に忠実に（逐語的に）というのではなく、多くの場合、解釈の過程（？）をもふくめて訳した。「超訳」の意味はとりわけそこにある。

また、「八つに分類」ということであるが、これですべてだというつもりはない。だからといって、臨時的なものという気はさらさらない。『正法眼蔵』の難解さの一側面が、管見するかぎりほとんど指摘されたことのない言葉の遊戯性にあるとすれば、その側面での難解さを解く鍵はじゅうぶんにあたえたと、わたしは確信している。

「第二部」は、洗濯ということにつなげていえば、「洗う」ではなく、「干す」である。洗いおわった洗濯物は、青空のもと、干されるであろう。それとおなじように、こびりついた意味の洗われた言葉が、つまりは、もう洗われる必要のない（もう遊戯的な細工の施される必要のない）言葉が、見出された時空のなかに、端正に、配置されていく。そのさまは、目映いばかりである。

というのも、「見出された時空」は、汚れた洗濯物がそれとしてそこにあった場所ではもはやなく、それは、「正法」の正嫡を自認する道元にとって、仏教哲学の命脈のなかで錬成されてきた正真正銘の荘厳された宇宙だからである。そこには仏教哲学のエキスが浸透している。すなわち、「見出された時空」は、縁起の思想、空の思想、華厳の思想など、まさしく仏教哲学の精髄で織りあげられた壮大で絢爛たる世界といわなければならない。

そう、目の前に、とてつもなくきらびやかで遠大な世界がひろがっている。道元は、巧みに、その光景を見せてくれる。近景にしたり、遠景にしたり。マクロにしたり、ミクロにしたり。具象にしたり、抽象にしたり。じつに巧みである。

「第二部」は、『正法眼蔵』の精読から、「見出された時空」のそうした巧みな映写のさまを九つの範疇（カテゴリー）に分類し、それぞれにふさわしい文を抽出し、詩のかたちに訳した。

「九つの範疇（カテゴリー）」であるが、さきの場合と同様に、これですべてだというつもりはない。ただ、どちらかといえばわたしは網羅癖のあるほうなので、ほとんどすべての類型をあげつくしていると思うほどである。そのことだけはいっておきたい。『正法眼蔵』の難解さの一側面が、言葉の遊戯性とはべつに、「見出された時空」の境位のあらゆる意味における不透明性にあるとすれば、それに接近する道と眺望はじゅうぶんにあたえたと思っている。

以上のように、ここに上梓する『洗濯屋さん道元』は、『正法眼蔵』から、耳ざわりのよい言葉や、すとんと腑に落ちるいわゆる名言をとくに選んで、要するに、いいとこどりをして、編まれたものではけっしてない。やや誇張していうことがゆるされるとすれば、ルポルタージュのような事実を報告するだけの平叙文をのぞいて、『正法眼蔵』における、哲学的かつ宗教的な言葉のすべてが、この一冊のなかに、凝縮してある。

こんなことをいっては、お叱りを受けるかもしれないが、『正法眼蔵』を読むのは楽しい。

ただ、こうしておもしろくなるまでに、ぶいぶんと時間がかかった。仏教哲学をとくにスペシャルにしているのではないが、弱年のころから気のむくままに読んで、いまにいたった。もちろん、まだまだ、じゅうぶんでないと思っている。学ぶとは途方もなく息の長いことである。ひとつの人生のことだけではない。いくつもの人生をかけても、しおおせないものである。その意味で、学ぶには、はじめもおわりもない。できるのは、ただ、いつもそこ（学びの場）にいることだけである。昨日も今日も明日も。

四十年にならんとする教員生活を退官する年の春に

梅原賢一郎

『正法眼蔵』の原文は道元『正法眼蔵（一）（二）（三）（四）』
（水野弥穂子校注、ワイド版岩波文庫、一九九三）に依った

梅原賢一郎（うめはら・けんいちろう）

京都市生まれ。京都大学大学院文学研究科博士課程修了。現在、京都造形芸術大学教授（二〇一九年三月、定年退職予定）。主な著作に、『カミの現象学―身体から見た日本文化論―』、『感覚のレッスン』、『肉彩』、編著作に、『不在の空―「いま・ここ」を生きた女性の肖像―』がある。

二〇一九年三月二十三日　発行
著　者　梅原賢一郎
発行者　知念　明子
発行所　七　月　堂
〒一五六―〇〇四三　東京都世田谷区松原二―二六―六
電話　〇三―三三二五―五七一七
FAX　〇三―三三二五―五七三一
印刷・製本　渋谷文泉閣

Printed in Japan
ISBN 978-4-87944-367-0 C0092